José
y la túnica de
colores

p

Jacob tuvo doce hijos, y los amaba a todos.
Amaba a Rubén, el mayor de ellos, así como a
Benjamín, el más pequeño. Y aunque también
amaba al resto, su hijo predilecto era José.

Un día, Jacob regaló a José una túnica de colores.

La túnica tenía rayas rojas,
rayas verdes,
también tenía rayas violetas…
Tenía tantas rayas como
colores el arco iris.

Pero sus hermanos tenían muchos celos.

—Nosotros hacemos el trabajo duro y él es quien recibe todos los regalos —se quejaban.

Cuando José les contó el sueño que había tenido, no hizo más que empeorar las cosas.

—He soñado que vuestras gavillas de trigo se postraban ante la mía —explicó—. Luego, el sol, la luna y once estrellas también se inclinaban ante mí.

—¡Qué imaginación tienes! —gritó Benjamín.

—¡Mira que eres vanidoso! —refunfuñó el resto.

—¡Tú y tus sueños! —exclamó Rubén.

—¡No vayas a creer que NOSOTROS nos postraremos ante TI, hermanito!

Pero José no dejaba de preguntarse si, en sus sueños, Dios quería comunicarle algo importante.

Un día, Jacob envió a José a buscar a sus hermanos, que cuidaban de las cabras en los montes lejanos.

Cuando ya se acercaba, los hermanos lo reconocieron al instante por su túnica coloreada.

—¡Mirad! —exclamaron—. Ahí llega
José con su túnica a rayas. Démosle su
merecido.

¡ZAS!　　¡BUUUM!

Los hermanos prendieron a José, arrancaron
la túnica de su cuerpo y lo arrojaron a un foso.

—¡SOCORRO!
—gritaba José—. ¡Dejadme salir!

Pero los hermanos no le hicieron caso, pues estaban demasiado ocupados resolviendo cómo deshacerse de él.

—Debemos matarlo —decían—. Así, no tendremos que volver a verlos, ni a él ni a su túnica.

Pero Rubén meneó la cabeza.

—Vendámoslo a un comerciante de esclavos —sugirió—. Luego manchamos su túnica con sangre de cabra y se la mostramos a nuestro padre. Así creerá que a José lo ha matado un animal salvaje.

Pronto aparecieron unos comerciantes de esclavos que iban de camino a Egipto. Los hermanos vendieron a José por veinte monedas de plata.

Cuando regresaron a casa, mostraron
la túnica empapada de sangre a su padre.

Jacob se hundió en la desesperación cuando la vio, pero los hermanos tenían el corazón demasiado lleno de odio y celos para arrepentirse de sus actos.

—¡Veamos si ahora se cumplen los sueños de José! —se mofaron.

En Egipto, José fue vendido a un hombre muy importante llamado Potifar.

—Quizá no vuelva a ver a mi padre —pensó José, mientras se lo llevaba su nuevo amo.

José estaba asustado y se sentía solo. Pero entonces se acordó de sus sueños y de que Dios estaba con él.

—Trabajaré tanto como pueda —decidió—. Así complaceré a Dios y a Potifar.

Y eso es exactamente lo que hizo.

Levantó y transportó piedras.
Trabajó y trabajó sin descanso.
NUNCA se quejó.
Nunca holgazaneó.
Trabajó más que cualquier otro esclavo…
¡hasta que Potifar lo nombró su mano derecha!

Potifar estaba encantado con su nuevo esclavo. Como José era muy apuesto, pronto empezó a gustarle a la esposa de Potifar. Pero el joven la rechazó y ella, para vengarse, difamó a José hasta lograr que lo encarcelaran.

Pero Dios estaba con él en aquella mazmorra oscura e inhóspita. Y Dios tenía reservados grandes planes para aquel esclavo.

Un día, su compañero de celda contó a José el sueño que había tenido la noche anterior.

—Tenía una parra con tres ramas —empezó—. Y fabricaba vino para el faraón, nuestro rey. ¿Qué puede querer decir este sueño? José escuchó el relato, y Dios le reveló su significado.

—En tres días serás liberado y servirás vino al faraón —explicó José al preso.

Y eso es precisamente lo que pasó.

Tras este episodio, la gente empezó a consultarle el significado de sus sueños, y Dios estuvo siempre a su lado para resolverlos.

Pronto José, el revelasueños, se hizo famoso; tanto que hasta el faraón le pidió ayuda.

—He soñado que siete vacas flacas devoraban a siete
vacas robustas —explicó el faraón—. ¿Qué significa esto?

—Es un mensaje de Dios —respondió José—. Durante
siete años habrá comida en abundancia. Luego seguirán
siete años de escasez.

—¡Moriremos de hambre! —exclamó el faraón—.
¿Qué debo hacer?

—Almacena comida durante los próximos siete años
—le aconsejó José—. Así, cuando llegue la hambruna,
tendrás provisiones.

El faraón estaba tan contento que liberó a José.

—José es ahora mi mano derecha —anunció—. Él se hará cargo de mis reservas de comida. Todo el mundo deberá obedecer sus órdenes.

¿Qué hizo José entonces? Pues se puso manos a la obra.

Llenó montones de sacos
con grano.

Llenó los graneros con los sacos.

Y llenó el país de
graneros…

hasta que hubo suficiente grano almacenado
para alimentar a todo Egipto, ¡y mucho más!

Tras siete años llegó la hambruna, tal como había predicho Dios. Para entonces, José había almacenado alimentos de sobra.

Entonces una muchedumbre hambrienta empezó a llegar de todas partes en busca de comida.

Y los hermanos de José también acudieron.

—¿Podemos llevarnos un poco de grano? —suplicaron los hermanos. No se dieron cuenta de con quién hablaban, pero José sí los reconoció.

José se moría de ganas de abrazarlos, pero quería asegurarse de que sus corazones ya no estaban llenos de odio. Así que los puso a prueba; escondió una copa de plata en la bolsa de Benjamín, y, luego, dio un saco de comida a cada hermano.

Cuando los hermanos ya se marchaban, José gritó:
—Guardias, ¡apresad a esos hombres!
Los guardias hallaron la copa de plata en seguida.
—¡Vuestro hermano es un ladrón! —exclamó José—. Ahora será mi esclavo y permanecerá en palacio.

Los demás hermanos se arrodillaron ante José.
—Quédate con uno de nosotros —le rogaron—.
Benjamín es el favorito de nuestro padre, y ya
perdió a su hijo favorito en una ocasión. Por favor,
no te lleves a otro, pues no lo soportaría.

José se dio cuenta en seguida de que sus hermanos habían cambiado.

—¡¿No me reconocéis?! —exclamó—. ¡Soy vuestro hermano!

Todos alzaron la vista y se quedaron atónitos.

—¡Tu sueño con las gavillas de trigo se ha cumplido! —exclamaron—; ¡estamos postrados ante ti!

—Esto ha sido obra de Dios —explicó José, mientras los abrazaba—. Él me envió a Egipto para poder ayudar a mi familia. Traed a nuestro padre para que podamos vivir todos juntos de nuevo.

Y eso es exactamente lo que hicieron.